中小学生综合实践活动系列读本



# 玩转关城

娄卫润◎编著

燕山大学出版社
2020 · 秦皇岛

书中部分图片未知版权，请作者联系我们，以便支付稿酬
**图书在版编目（CIP）数据**

玩转关城 / 娄卫润编著.—秦皇岛：燕山大学出版社，2020.8
ISBN 978-7-5761-0016-7

Ⅰ. ①玩… Ⅱ. ①娄… Ⅲ. ①山海关—概况—少儿读物 Ⅳ. ①K928.77-49

中国版本图书馆 CIP 数据核字（2020）第 096345 号

**玩转关城**

娄卫润　编著

出 版 人：陈　玉
责任编辑：王　宁
封面设计：刘韦希
出版发行：燕山大学出版社 YANSHAN UNIVERSITY PRESS
地　　址：河北省秦皇岛市河北大街西段 438 号
邮政编码：066004
电　　话：0335-8387555
印　　刷：秦皇岛墨缘彩印有限公司
经　　销：全国新华书店

开　　本：889mm×1194mm　1/16　　印　　张：6　　字　　数：100 千字
版　　次：2020 年 8 月第 1 版　　印　　次：2020 年 8 月第 1 次印刷
书　　号：ISBN 978-7-5761-0016-7
定　　价：19.80 元

# 编　委　会

# 总　序

## 依托秦皇岛市研学基地开发综合实践活动课程资源

综合实践活动课程是2001年我国第八次基础教育课程改革设立的必修课程，目的是克服学校课程脱离社会发展和学生生活实际的不足，改变学生被动接受知识学习的局面，积极推进素质教育，创新人才培养模式，提高学生的社会责任感、创新精神和实践能力。

2016年11月，教育部等11部门联合发布了《关于推进中小学研学旅行的意见》(简称《意见》)，《意见》明确指出，中小学生研学旅行是由教育部门和学校有计划地组织安排，通过集体旅行、集中食宿的方式开展的研究性学习和旅行体验相结合的校外教育活动，要求各中小学要结合当地实际，把研学旅行纳入学校教育教学计划，与综合实践活动课程统筹考虑，促进研学旅行和学校课程有机融合。研学旅行是继综合实践活动课程之后，教育部在基础教育改革中落实立德树人根本任务，培养学生核心素养的又一实践育人途径。

2017年9月25日，教育部印发《中小学生综合实践活动课程指导纲要》，明确把“研学旅行”纳入综合实践活动课程。回顾前期的课程实践经验，我们认为，在课程推进过程中，不应该只把研学旅行局限为综合实践活动的一种活动构成方式，其本身还可以成为课程实施的平台，为社会服务、设计制作、职业体验等领域拓展丰富的课程资源。

秦皇岛市自2003年实施新课改以来，市教育局高度重视综合实践活动课程的实施工作，先后出台了多个专项指导意见，开展规范且系列化的培训、交流、评比、展示活动。区域课程开发、实施、管理的整体水平较高，多次在省级以上的教研活动中交流课程管理经验。

多年来，区域内很多学校依托当地自然、社会、人文素材，开发了大量的课程资源：有的依托农村特色产业，引导学生走进田间地头，参与生产劳作，了解农业科技，策划特色产业发展规划；有的依托当地的自然风光等旅游资源，了解旅游产业的核心竞争要素，对产业发展进行诊断、评价、推介和优化；有的依托当地的人文资源，通过引导学生关注家乡文化底蕴、发掘人文内涵及传统文化项目，涵育学生的家国情怀。

秦皇岛市自然禀赋优越，自然景观类型丰富，自然环境优美，加之历史悠久、文化遗存众多，旅游资源丰富，种类齐全，特色突出。经过多年开发建设，形成了以长城、滨海、生态为主要特色的旅游产品体系，全市旅游景区有40多个，为研学实践教育提供了丰富的基地资源。基于丰富的自然资源和发达的交通条件，农业生产类型多样、品种丰富，工业发展布局合理、门类齐全，为学生开展职业体验、社会实践、考察探究提供了广阔的活动空间。

为了让学生在真实的自然环境中学习，在学习与实践的过程中了解家乡，培养学生热爱家乡的感情，涵育家国情怀，自觉地将个人的发展与国家民族的前途命运结合起来，让价值体认和使命担当落到实处，市教育局依托秦皇岛区域内的研学基地及相关工业、农业产业资源，开发综合实践活动课程资源势在必行、意义重大。

本系列读本的编写主要依托秦皇岛市中小学综合实践活动名师工作室，娄卫润老师担任工作室主持人，在她的带领下，具有课程管理经验的校长和教学实践智慧的教师共同参与编写。他们查阅各种文献，深入研学基地，反复打磨提炼，用考察探究、社会服务、设计制作、职业体验等活动方式全面提升学生的综合素养。读本具有明显的地域特色，内容载体熟悉，学习情境亲切，真正唤起学生的自主探究欲望。读本力求提升研学实践教育的管理水平，为全面育人和全方位育人拓展新的空间。读本力求降低教师的指导难度，提高课程规范化水平，促进全市综合实践活动课程的常态实施。

本系列读本记录了我市多年来实施综合实践活动课程的实践历程，代表了不同的中小学校对实施综合实践活动课程的整体把握和实践探索。期待涌现更多课程实施规范的教学队伍和教研团队，期待区域课程资源开发走向更高的水平。希望综合实践活动课程在秦皇岛落地生根，盛开出鲜艳的花朵！

刘文杰

# 给孩子们的话

有人问我，为什么一辈子对长城情有独钟，对推广长城文化不遗余力？

儿时我就有一个梦想——长城那么长，我想去看看。这个梦想伴随我走进了青年时期，1984年5月4日，我和吴德玉从山海关老龙头出发，跋山涉水508天，在整个明长城上徒步走了一圈。从那时候算起，我走了30多年的长城，读了30多年与长城相关的书，就是在感受长城的“万里长”，在了解长城的“千年史”。

1998年6月28日，美国总统克林顿访华，我陪同克林顿一家游览长城时，他女儿第一句话就问我：长城到底有多长？国家文物局和国家测绘局已公布了长城的准确长度：明代长城，东起辽宁丹东的虎山，西至甘肃的嘉峪关，总长 8851.8 千米。今天国家认定的中国历代长城，还有遗址遗迹的长度是 21196 千米。中国长城的历史到底有多长？文献记载，长城从公元前 656 年就已经发挥作用，至今已有 2600 多年的历史。从春秋战国开始，一直到明朝，有 20 多个诸侯国和王朝修建过长城。长城跨越两千多年的历史，其文化价值的深度和宽度，已经凝聚成我们民族的精神脊梁。

我们真的懂得长城的伟大吗？从小父母告诉我们，长城是中国悠久历史的见证；从小老师教导我们，长城是中华传统文化的代表。长城的伟大，不仅是因为长城体量大历史长，还因为长城肩负着守护国家命脉的使命。长城保障了农耕经济区的安全和稳定，调整了农耕和游牧民族的关系，促进了中华民族从多元到一体的形成和发展。抗日战争时期，长城更是成为激励华夏儿女保家卫国、奋勇杀敌的精神标志，唤起了无数中国人抗战的激情。它是人民追求和平的象征，它是人民集体智慧的凝聚，它是人类敬畏自然的标志，它是社会文明发展不可或缺的一部分……长城的伟大，无处不在。

同学们，读懂了长城，就能读懂我们的历史、我们的文化；读懂了长城，就能读懂我们的现在、我们的未来。这就是我的初衷吧！

长城横亘我们的家乡——秦皇岛。秦皇岛市教育局发掘地域优势，带领五所长城文化推广实验学校，共同开发了“玩转关城”研学实践课程。长城研学课程的开发，是一次大胆创新的开发，也是一次探索实践的总结。

山海关，自古以来就是兵家必争之地，更是一座国家级历史文化名城。“玩转关城”实践课程，设计了关城军事、关城建筑、关城美食、关城匾额、关城集市等主题活动。关城军事单元，邀请你走进军事重镇，了解“一主两翼”的防御体系，追寻战争背后的故事；关城建筑单元，带你寻找关城建筑的秘密，感悟了不起的长城智慧；关城美食单元，带你寻找古城美味，和大师学做美食，把舌尖上的古城推荐给大家；关城匾额和集市内容更丰富，兴儒博物馆里，柴禾市市场上，完全不一样的文化，成为山海关古城独特的风景。

这本书，带给你的是一种全新的学习方式，同学们

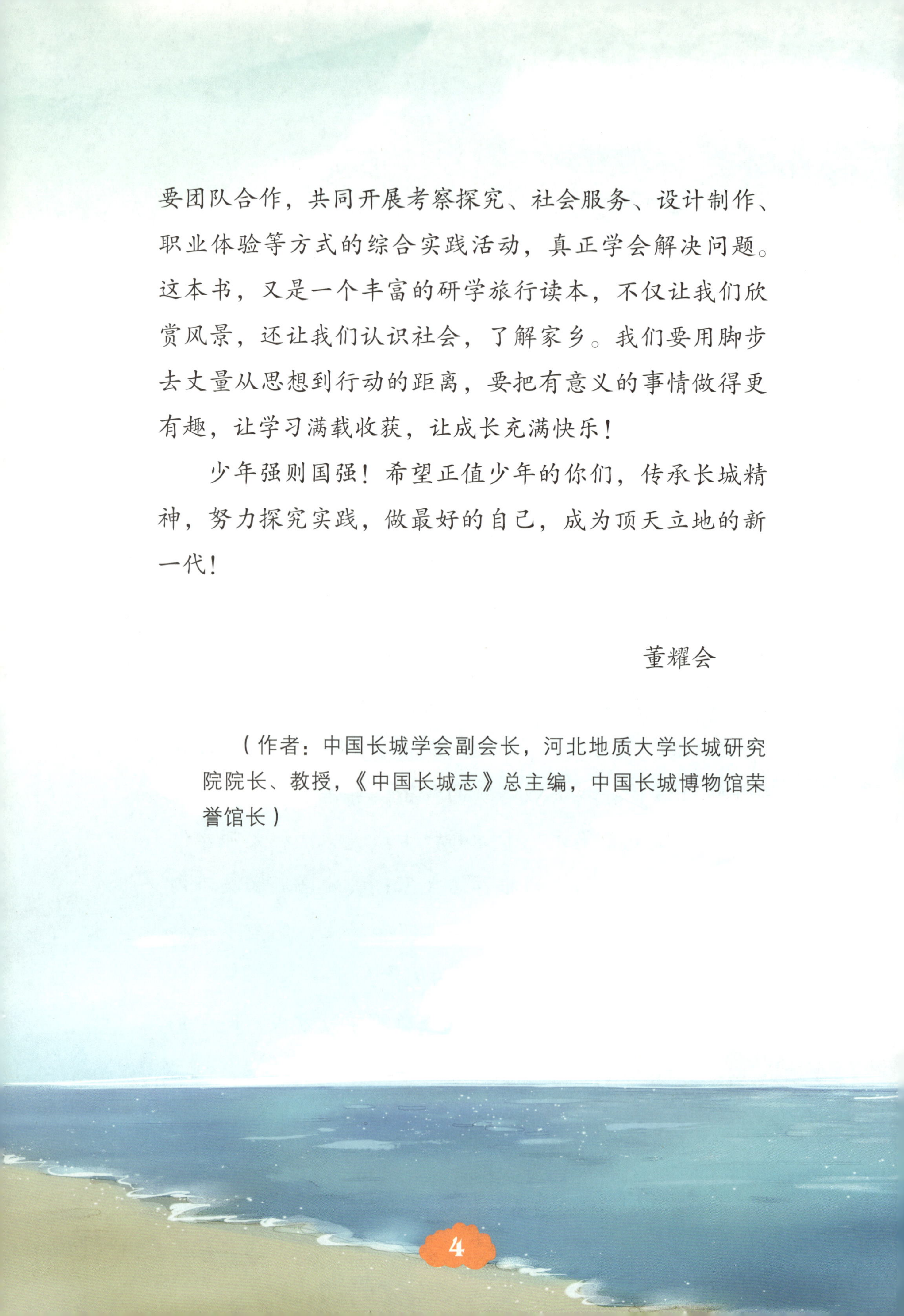

要团队合作，共同开展考察探究、社会服务、设计制作、职业体验等方式的综合实践活动，真正学会解决问题。这本书，又是一个丰富的研学旅行读本，不仅让我们欣赏风景，还让我们认识社会，了解家乡。我们要用脚步去丈量从思想到行动的距离，要把有意义的事情做得更有趣，让学习满载收获，让成长充满快乐！

少年强则国强！希望正值少年的你们，传承长城精神，努力探究实践，做最好的自己，成为顶天立地的新一代！

董耀会

（作者：中国长城学会副会长，河北地质大学长城研究院院长、教授，《中国长城志》总主编，中国长城博物馆荣誉馆长）

# 目录

# 目录

# 走进关城

有这样一座小城，面积不大却名满天下。整座城池与长城相连，以城为关，北依巍巍燕山，南襟滔滔渤海，自古为兵家必争之地，它的名字叫山海关。

明长城有上千座大大小小的关隘，而山海关独占“天下第一关”的美誉。有人说这是兵家必争之地，边郡之咽喉，京师之保障；也有人说山海关大门一开，一个朝代顷刻间灰飞烟灭；还有人说这里的勇士用最后一滴血为民族争生存，为国家争独立，为军人争人格！天地之间，那山、海、人筑起的关城是什么样的呢？

曾经帝王巡狩，名臣驻足，使节过往，商贾云集……这里是政治、军事、经济、文化的交汇之地。现今国家历史文化名城——山海关正以独特的军事遗存、建筑修复、文化沉积、民俗再现和诱人的美食吸引着来自世界各地的游客。

“玩转关城”可以从以下几个方面进行，欢迎大家补充。

# 主题活动一 关城军事

山海关自古以来就是兵家必争之地。1381 年明朝大将徐达在这里建关设卫；1644 年吴三桂威远城跪拜多尔衮；1933 年长城抗战第一枪从这里打响……从“海上长城”老龙头经山海关关城到“水中长城”九门口，这一段 26 千米长的军事防御体系记录了什么，让我们一起探究——关城军事。

## 1 军事重镇我探究

东北大学主研地域文化的吉羊教授说：“一座雄关，两京锁钥，三关居首，四座城门，五虎镇东，六大战役，七座城池，八大景区，长城九镇，山海十关。”这段话简明扼要地概括了山海关的军事特点。接下来，让我们开启探究之旅吧！

我们组制订研究计划，欢迎大家补充完善。

**“军事重镇我探究”研究计划**

**研究目的：**研究山海关的地理位置、军事防御体系、发生的重大战役等，引发思考，受到教育

**研究时间：** 年 月 日— 年 月 日

**研究地点：**图书馆、山海关长城博物馆、山海关古城……

**研究内容：**

1. 建关结构大揭秘：七大城池的位置
2. 军事战役大搜索：甲申石河大战、榆关抗战、____________________
3. 军事名人我知道：徐达、戚继光、____________________
4. 作战兵器：青龙偃月刀、____________________
5. 历史典故共分享：____________________

**活动分工：**

**可能遇到的问题：**

**预期成果及表达方式：**

小组

年 月 日

## 启思苑

完成研究计划我们可以这样做：

阅读资料，上网或去图书馆。

观看《董耀会说长城》之“走进山海关”的视频。

去山海关博物馆，实地调查研究。

访问专家学者。

**知识窗**

《中国长城志》是我国第一部大型长城专业志书，总主编是中国长城学会副会长董耀会先生。这部书向世人介绍了中国长城的历史、军事、民族、建筑等内容，展现了长城的历史和文化内涵，并进一步揭示了这一内涵与中华民族的精神联系。全书分《总述•大事记》《图志》《环境•经济•民族》《边镇•堡寨•关隘》《建筑》《遗址遗存》《军事》等 10 卷 12 册近 2300 万字。

## 交流园

我们一起交流分享吧！

关城、东罗城、西罗城、南翼城、北翼城、威远城和宁海城构成了关城“一主两翼”的防御体系。

我知道，徐达奉旨建成山海关，抗倭英雄戚继光又进行了修缮。

我查阅了《长城志》，1932 年 12 月 8 日是日军驻扎进犯的时间，1933 年 1 月 1 日榆关抗战正式爆发，打响了长城抗战第一枪。

我查找榆关抗战，百度百科给出的时间是 1932 年 12 月。而榆关抗战纪念碑上写的是 1933 年 1 月 1 日。

他们小组求真的研究品质值得大家学习。其他小组还有什么收获，说出来和大家分享。

我们的收获：

## 活动坊

研学实践课程不是说走就走的旅行，学生要进行团队建设、组内分工；老师要进行课程准备、培训；学校要进行场地设计、安全预案的审批；关城的场地很大，还要请家长志愿者协助……

我们都是管理者。

### 各尽其责　团队合作

我们小组人人都是管理者。管理者分两类：一类是任务型，一类是项目型。你想做哪种呢？先了解一下吧！

任务型的管理者分为组长、纪律委员、宣传委员、卫生委员。

组长的职责：做好“五个一”。和组员一起为团队起一个响亮的名字，确定一个有凝聚力的口号，活动前组织一次小领袖演练，活动中关注一些“淘气”和“娇气”的队员，培植出一种团队精神。

纪律委员的职责：负责校内、途中和校外本组的活动纪律。所带队伍行动统一，步伐整齐，安静有序。本组队员乘车要坐稳，不离位，不喧哗，不向车窗外伸手；行走要成队，行囊自己背，不丢钱，不丢物，不丢人；到活动场地先整队、报告人数，再安静等候。

宣传委员的职责：协助组长培植团队精神，做好宣传动员工作。活动前和组员制定目标，活动中多为同学拍照，活动后做好美篇、报道。

生活委员的职责：查好天气，根据上面的提示在着装和行囊上对全组队员提出具体要求，定点统一进食，严禁边走边吃，引导大家学会与家长和同伴分享美食。

卫生委员的职责：提醒本组同学经常消毒，勤洗手。准备好垃圾袋，及时回收垃圾，放入垃圾箱。所到之处要留下文明、有序、整洁的团队形象。

项目型的管理者主要是组织大家进行体验营中的活动项目。项目型管理者主要负责研读项目活动内容，组织大家分工，同时注意发挥同学的长处，关注同伴弱点，协同作战，取得优异成绩。

为了做好管理者，我们进行了精心的准备，请看雏鹰小组的智慧分享：

我是雏鹰组组长，我们组的口号是“雏鹰雏鹰，搏击长空”。我带领组员先研究体验营的项目，逐一明确各项目的活动规则和任务，每个成员都有一次当领袖的机会。作为项目领袖，重点研究如何带领组员开展好活动。我们的体验活动在整个关城，范围广、人流量大、体验地点分散，并且是开放的环境，团队的小领袖们做了“小领袖智慧分享”。

纪律委员提示大家：要勤报数，勤提醒，走路有秩序，不打闹。

宣传委员提示大家：“请、您、谢谢”挂在嘴边，与他人文明交流。

卫生委员提示大家：

______________

______________

我是“瓮中捉鳖”的项目领袖，这个项目在瓮城进行。模拟攻城，手拿盾牌，组成龟背阵攻城，盾牌间没有缝隙，躲开城上的攻击并整体通过。

我是“小鬼当家”项目领袖，在柴禾市购物，要使用礼貌用语，货比三家，做好市场调查。

我是“制作匾额”项目领袖，__________

______________

老师设计有趣的体验项目，家长进行有效的活动交流。

我是一名家长志愿者，准备全程参与学生的活动，活动前学校对我们进行了专门培训。

家长志愿者甲：
我们的每次体验活动，老师的评价标准是什么？

教师：
我们不仅看结果，更要关注团队合作情况、文明沟通能力和解决问题的方法。

家长志愿者乙：
活动中有的家长把一小组的书包都背在身上，我认为不妥。

家长志愿者丙：
志愿者不能大包大揽，要放手让孩子锻炼。

家长志愿者丁：
这次体验课程在开放的环境，我们两名志愿者一前一后，提示孩子们注意安全。

教师：
我们是陪伴者、参与者、协调者，多观察发现问题，适当指导方法，促其成功，和孩子共同成长。

作为董耀会长城文化推广实验校，在各级专家的引领下，不断开展专题教研、区域教研和网络教研，提升了课程的开发和实施水平。

长城专家董耀会先生根据学生的成长情况指导课程实施。

秦皇岛市教科所娄卫润老师带领海港区和安里小学、耀华小学、东港路小学、教师发展中心附属实验学校和山海关桥梁小学的课程研发团队进行实地考察。

我们充分准备，家长大力支持，老师精心策划，我们的实践活动开始了！

## 体验营

来到关城西门的石雕前，山海关军事防御体系呈现在大家眼前。看！关城军事介绍开始啦！

请同学们看浮雕上的山海关防御体系，这是关城、东罗城、西罗城、南翼城、北翼城、威远城和宁海城。远远望去七大城池像一只展翅的雄鹰。

明朝大将徐达在这里选址建关，抗倭名将戚继光又进行了修缮。

山海关境内有长城26千米，横亘全境，南濒渤海，北依燕山，东有欢喜岭，西有石河，自古以来就是兵家必争之地。

十大关隘：南海口关、南水关、山海关、北水关、旱门关、角山关、三道关、滥水关、寺儿峪关、九门口关。

对照浮雕找到七大城池的具体位置吧！

将关城结构图复原吧！

老师这样对我们说：

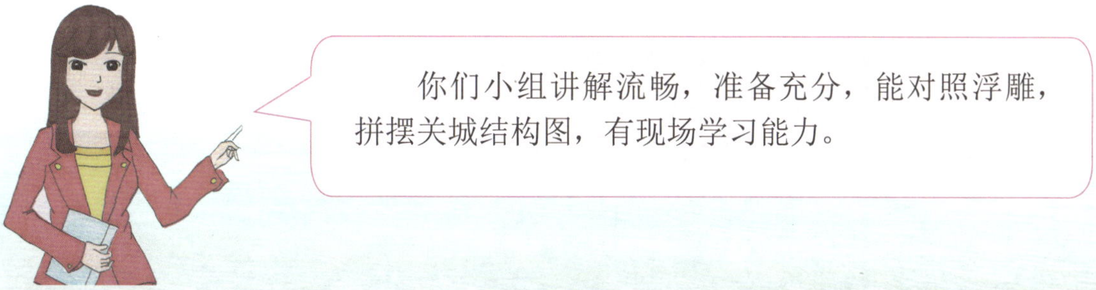

# 2 军事战役我了解

山海关作为军事重镇，发生过多次重大战役。

**知识窗**

1644 年甲申之战，在山海关城西石河一带发生，李自成农民起义军是这次战役的进攻方，吴三桂属于被动防守方，而清军则坐收渔利。

1900 年庚子之役，八国联军侵华，山海关被八国联军占领。

1922 年第一次直奉大战，1924 年第二次直奉大战，都发生在山海关。直系军阀的代表是吴佩孚，奉系军阀的代表是张作霖，第一次直奉大战最终以直系吴佩孚方面大获全胜而告终。第二次直奉大战奉系军阀张作霖方面获胜。为了操纵北京军阀政权，张作霖把大量军队调往关内，导致东北空虚，也给野心勃勃的日本帝国主义施行其“满蒙政策”留下可乘之机。

1933 年榆关抗战，何柱国将军带领军队与日军殊死搏斗，他们没有任何重型武器，最先进的武器是机关枪，战士们就用手榴弹、步枪甚至大刀片和敌军对抗。

1945 年山海关保卫战，是解放战争时期，东北人民自治军一部在山海关地区对国民党军进行的阻击战。

你还知道哪些战役？

## 体验营

来到位于山海关西大街的体验地点——甲申史鉴馆，馆内有大型的立体作战示意图，重现了那场成为中国历史拐点的重大战役。

1644年，农历甲申年，山海关成了李自成、吴三桂、多尔衮竞相争夺之地。红色箭头代表李自成的农民军，他们是进攻方；绿色箭头是吴三桂的关宁军；黄色箭头代表多尔衮的清军。大战进行得如何呢？请听我的队友继续讲解。

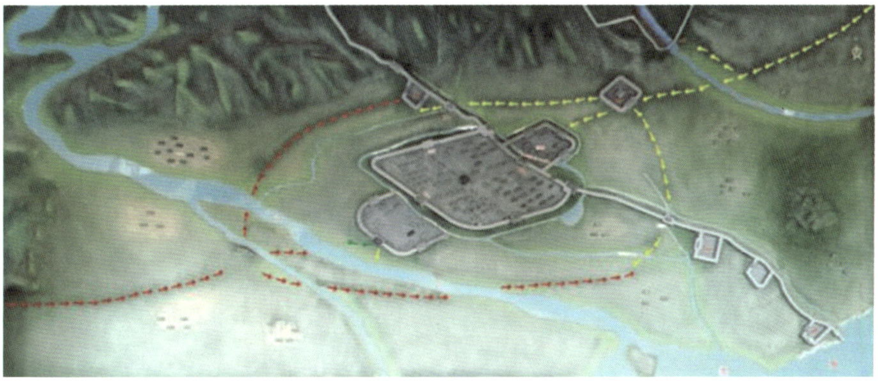

李自成对山海关的西、北、东侧实行三面围抄，同时派出2万骑兵到一片石夹击吴三桂。吴三桂向关外的多尔衮求助，多尔衮先是观战，待吴三桂与李自成激战渐渐不支，多尔衮从南水门关、北水门关破阵冲进，大败李自成的农民军。清军入关，开启了清王朝的统治。

以史为鉴的照片：

下一个体验地点是位于关城南路古城墙外的“榆关抗战纪念碑”。

## 相关链接

### 榆关抗战

1932年12月8日，日军发动了侵榆战争。何柱国向全军发布《告士兵书》：“愿与我忠勇将士，共洒此最后一滴之血，于渤海湾头、长城窟里，为人类张正义，为民族争生存，为国家雪奇耻，为军人树人格。上以慰我炎黄祖宗在天之灵，下以救我东北民众沦亡之惨。”并提出战斗口号：“以最后一滴血，为民族争生存；以最后一滴血，为国家争独立；以最后一滴血，为军人争人格！”慷慨激昂的动员令，激励着全军将士的抗敌决心。

1933年1月1日，榆关抗战爆发，山海关守军以一团之众抗击着人数、武器装备都远超自己的日军，并使其付出了惨重的代价，严重地打击了敌人的嚣张气焰，粉碎了敌人妄图通过榆关直取平津的战略阴谋。

## 交流园

在探究军事重镇的过程中，我们对山海关的地理位置、军事防御体系以及发生的重大战役等有了更多的了解，对此你有什么深入的思考？

我对关城军事的新认识：

# 3 军事游戏我参与

“一夫当关，万夫莫开”，山海关易守难攻。东、南、西、北四座城门，每座城门外面都有瓮城，即便敌人攻入瓮城，也会成为瓮中之鳖。让我们模拟战争情境，体验战争游戏吧！

## 启思苑

军事游戏如何设计呢？

小组成员一起来制定游戏规则吧！

### 游戏规则

1. 我们小组为了再现瓮城的作用，先做了道具。组员一起做了长 1 米、宽 0.5 米的盾牌 8 个。

2. 组长负责在外面指挥，其余人排列成龟背阵式，前后各 1 人，左右各 2 人，里面 2 人，项目领袖站在中间，8 人手拿盾牌，余下组员藏在里面，组长喊口令“前进、停止”“一、二，一、二”，团队步伐统一前进或暂停，变换防御队形，保持阵形不变。

3. 模拟攻城，以龟背阵式前进，盾牌间不能有缝隙，不能松散。另外的小组，模拟守城，考虑到安全因素就不在城楼上往下扔沙包，就在平地上投掷沙包 12 个。用沙包代替滚木礌石，袭击我们小组。沙包砸中身体上部为击中。

## 实践场

地点：关城东门旁。

## 展示台

实践活动后，创意大赛开始了！

看看我们的创意成果吧！

对于同学们的作品，我想说：

# 主题活动二 关城建筑

山海关是明长城中唯一与大海交汇的地方，处于燕山脚下的缓坡地带，地势北高南低，城池随弯就势，北窄南阔，呈不规则梯形。关城的东城墙为长城的主线，是起自老龙头延伸过角山之万里长城的一部分。这段城墙长 1378 米，宽 12 米，最宽处 15 米有余，墙高 14 米，充分展示了古代劳动人民的建筑智慧。

目前，修复的山海关古城重现明清风格：雄壮的钟鼓楼坐落在十字形主街的街心，四条大街向东、南、西、北四个方向延展与四门相通。街道两侧雕梁画栋、斗拱飞檐、茶楼酒肆，复现当年的繁华。

同学们，还在等什么，快来探索关城建筑的奥秘吧！

关城建筑的奥秘有很多，我们如何有效地开展活动呢？

# 1 城防建筑在身边

山海关以城为关，城墙高大坚固，东面城墙上五座城楼一字排开，不仅在城防设计上独具匠心，而且在建筑风格上也有独特创造。

## 启思苑

围绕城防建筑，确定研究方向，制订研究计划吧！

在前面的学习中，我们知道了制订计划的方法和步骤。本次的活动目标是研究城防建筑的结构及特点，想一想应该确定哪些内容呢？

| “城防建筑在身边”研究计划 | |
|---|---|
| 活动目的 | 了解山海关的城防建筑的结构及特点。 |
| 活动时间 | |
| 活动地点 | |
| 研究内容 | 1. 了解天下第一关的建筑特点；<br>2. 研究城墙的类型及防御功能；<br>3. 探究城门、城楼有哪些建筑特色；<br>4. …… |
| 活动方法 | |

根据确定好的研究内容，开始行动吧！

## 知识窗

### 瓮　城

瓮城是古代城市的主要防御设施之一，可加强城堡和关隘的防守，属于城墙的一部分。在城门外口加筑小城，高与大城相同，其形或圆或方。圆者似瓮，故称瓮城；方者亦称方城。东城门的瓮城，是主城门的重要保护建筑，两个城门成90°夹角。这样即便敌军进攻瓮城，四面城墙上的守军都可以持弓射杀敌人，即“瓮中捉鳖”。

### 马　面

在墙体的外方凸出于墙体矩形墩台的部分，称为马面。因外观狭长如马面而得名。马面的使用是为了与城墙互为作用，消除城下死角，自上而下从三面攻击敌人。

马面一般都是与城墙地面齐平，凸出于城墙。战台则要高于城墙，也是凸出于城墙。敌楼则要更高，一般高出墙面四五米到七八米。

通过查阅资料、寻访专家，获得了很多信息，让我们一起交流吧！

天下第一关城楼，又名“镇东楼”。镇东楼修建在一个高大的城台上。城楼分为上下两层，高 137 米，东西宽 10.1 米，南北长 19.7 米，总建筑面积约为 199 平方米。

镇东楼是一座重檐歇山顶式的砖木结构建筑物，屋顶上铺着灰瓦，屋脊上安有吻兽和脊兽。

镇东楼和山海关的城墙以及城墙内外的军事防御性建筑构成了设计周密、布局严谨的军事防御体系。

**相关链接**

为了详尽地了解长城的建筑，我们可以通过查阅《中国长城志》《长城：追问与共鸣》《长城的崛起》《明长城考实》等书，观看董耀会老师的《董耀会说长城》电视节目，关注“中国长城”公众号等方式了解更多内容。

我们对城墙有更深的认识：

山海关一带，墙体类型众多，有石基土筑砖包墙、夯土墙、石砌墙等。山海关的城墙是条石基础，青砖包砌，内由黄土夯筑，属于石基土筑砖包墙。

城墙分为内墙和外墙。内侧叫女墙，高 1 米余，不设垛口，以防巡逻士兵跌落；外墙是垛口墙，在保障士兵安全的情况下可以对来敌进行防御和攻击。

# 体验营

做好充足的准备，赶快实地体验吧！

关城东墙的南北两侧与长城相连，城墙上有威武雄壮的“天下第一关”镇东楼，还有靖边楼、牧营楼、临闾楼、威远堂等建筑，合称“五虎镇东”。

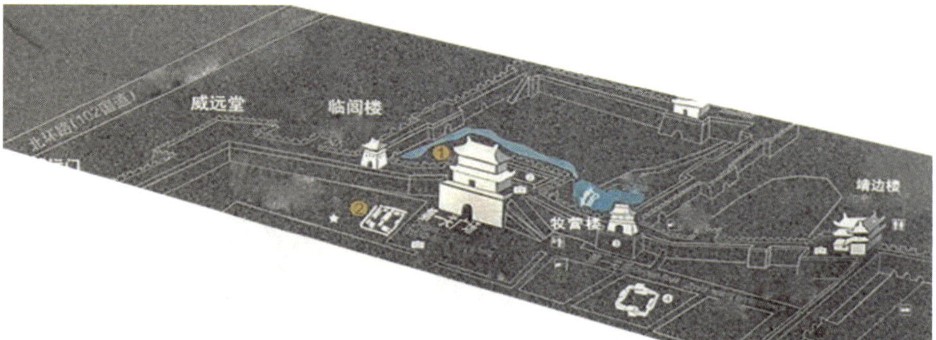


根据活动时间，选择一至两个城楼实地查看。

我选择以“天下第一关”为起点，向南实地查看牧营楼和靖边楼。

我选择向北查看临闾楼和威远堂。

## 知识窗

### 山海关靖边楼

山海关靖边楼亦称东南角楼、东南台，位于山海关城的东南角，是山海关城的防御性建筑。这里曾是明、清时代山海关练功比武、武科乡试、选拔武贡士的地方。据传，明万历四十六年（1618 年）后，靖边楼曾是山海关督师、经略和总督坐镇山海、督师辽东、调度兵马的指挥部。

据《山海关志》记载：靖边楼为明初徐达建关时所建，经多次毁坏、重修，后于1985年按明代原貌复建。檐桁枋心[①]，仿明式彩绘，庄严绚丽，为雄关增添光辉。

**注释：**

①檐桁枋心：檐（yán），房顶伸出墙壁的部分；桁（héng），梁上或门框、窗框等上面的横木；枋（fāng），方柱形木材。本词指房屋上部支撑房顶的方形木材。

五座城楼的特点分别是什么？收获有哪些？小组间互相交流、补充。

城墙在建造上还有许多特别之处：

垛口是城墙上呈凹凸形的短墙，它是士兵瞭望敌情、射击敌人时掩护自己用的。因地形不同，垛口的宽窄不同。为扩大瞭望面积，监视墙外敌情，垛口的内侧设有磨角。垛口石上有个小孔，用来安置当时的火器“佛朗机”，作杀敌之用。

瞭望口在两个垛口之间靠近地面的位置，用于弥补垛口之间防御薄弱的地方，明代文献中称为“悬眼”。

吐水嘴设在城墙内侧与地面齐平的地方，长城外侧城墙设置高于内侧城墙，地面向内侧倾斜，是为了防止积水，便于排泄。吐水嘴伸出墙面有一段距离，防止雨水直接顺着墙体往下流，侵蚀墙体墙基。长城上的吐水嘴，基本都设置在内侧，不设置在外墙，这也是为了防止敌军攻城攀爬城墙的时候给敌人提供方便，影响防御。

城墙建筑还蕴藏着许多古人的智慧，让我们睁大发现的眼睛，细心寻找，一起交流吧！

## 交流园

通过调查报告、绘画、手抄报等形式交流。

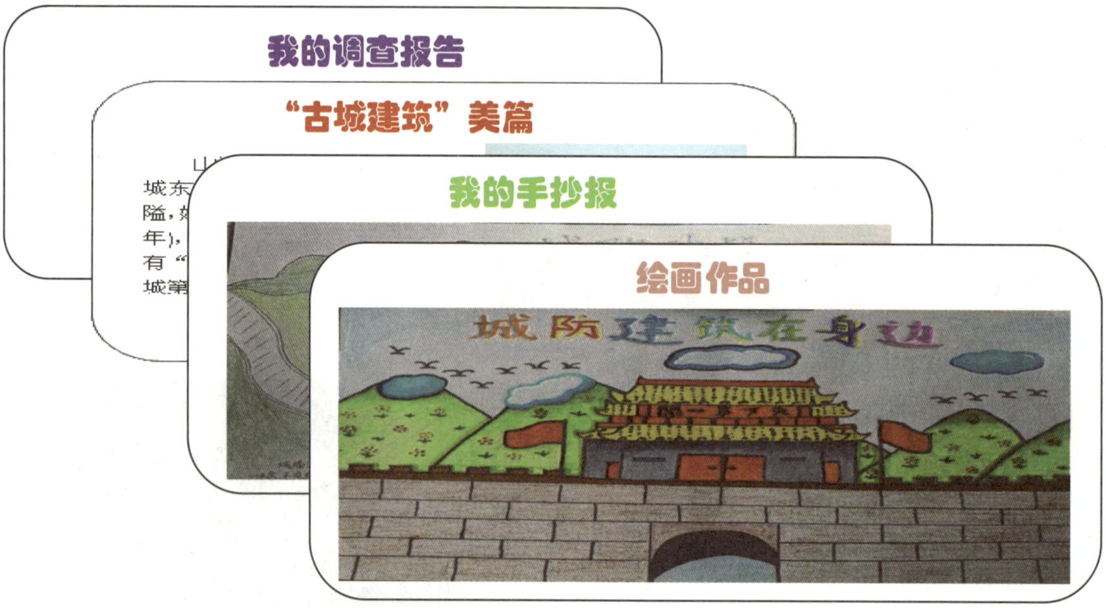


通过研究，发现长城上的垛口、瞭望口、马面和瓮城等建筑，都具有防御外敌入侵的作用，长城是为了战争而修建的吗？

古时候人们修筑长城是为了和平！长城是为了不打仗而修建的，通过长城建立农耕与游牧民族交错地带的秩序，减少发生战争的次数，让老百姓免受战争的苦难。所以说，长城是和平的象征！

听了专家爷爷的讲解，你对长城精神有哪些新认识？写下来吧！

# 2 关城地图大巡游

钟鼓楼位于山海关古城中心位置。楼下底座与四条街道相通，东西大街长约 900 米，南北大街长约 1300 米。东、西、南、北四条大街上有很多具有民族特色和历史意义的建筑，如东大街的闯关东、方志馆，西大街的总兵府、镇远镖局，南大街的王家大院、绸布庄，北大街的山海关一中等，让我们去实地考察并把它们标注在示意图上吧！

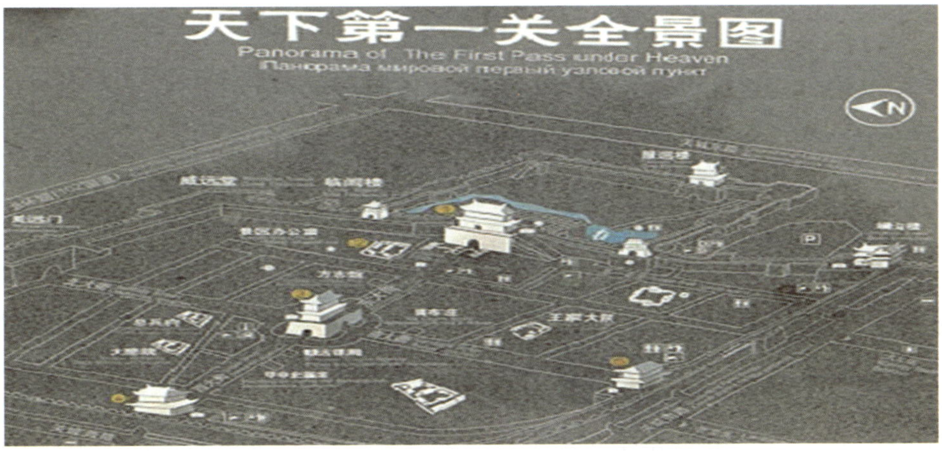


## 启思苑

在实地考察前，我们要做哪些准备工作呢？

请大家牢记出行前的安全提示，有序活动，校长作为巡查员随时关注大家的活动情况。因为时间有限，只能探访一条大街，请大家抽签吧！

## 体验营

我们开始行动啦！

这里是南大街，除了王家大院还有四条包子铺……

王家大院是清咸丰年间的历史建筑，是一个典型的四合院式民居建筑群，占地约10亩，号称“万里长城第一家”。主人曾是山西盐商，兴盛于咸丰年间，到了光绪年间富甲一方，号称“山海关南半城”。

四条包子铺是四合院的院落建筑。铺内屋脊檐头花草雕饰、木质桌椅古意盎然，铺外鲜花与绿树相互辉映，处处彰显着老字号的典雅气质。

## 知识窗

### 山海关一中

始建于1921年，由时任山东省督军兼省长、祖籍山海关的田中玉投资兴办，故始名为河北私立田氏中学校。学校毗邻天下第一关，位于山海关古城内的东北角，校园东、北两面以古长城为屏，是我国唯一一所以长城为院墙的学校。校园内的建筑均为仿古建筑，环境古色古香、优美宁静，文化氛围浓郁。

### 总 兵 府

山海关由明朝大将军徐达建关设卫，并在明万历四十六年（1618年）设总兵一职，历23任总兵。山海关吴三桂总兵府作为城防体系的指挥中枢，蕴含着丰富的历史文化积淀和诸多名人传奇。兵部尚书袁崇焕，名将熊廷弼、孙承宗、洪承畴、祖大寿等都在这里留下过不可磨灭的足迹。

把探访的关城建筑标注在示意图上吧！

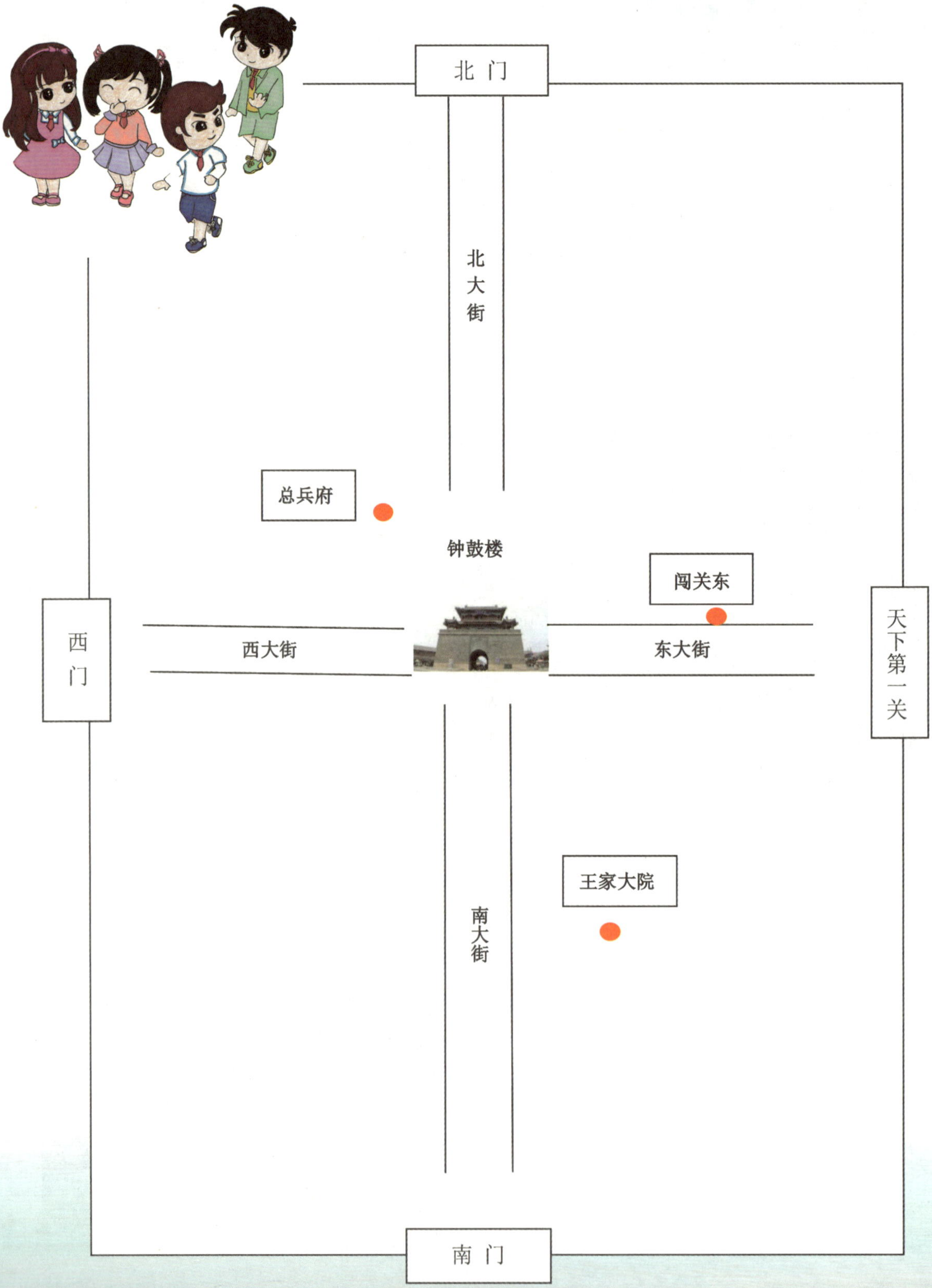

比一比，谁探访到的关城建筑多？

探访关城建筑的同时，对感兴趣的内容进行记录。要结成小组，进一步探讨。

我感兴趣的建筑：

我想进一步探究的内容：

有相同兴趣的同学可以结成小组，继续探究。

# 3 沙盘模型来制作

探访了关城，对它的城防结构及城内建筑有了详细的了解，让我们制作关城沙盘，展示我们的学习成果吧！

## 启思苑

怎样制作沙盘？我们去了解一下。

沙盘制作有哪些流程？

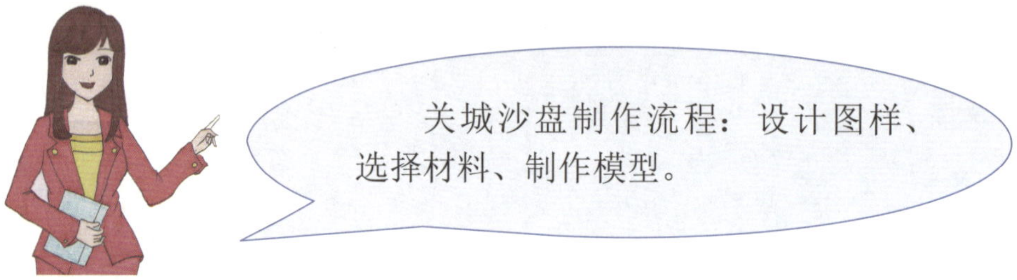


## 活动坊

根据制作流程，我们开始设计图纸小样吧！

我们的设想：

我们设计的图纸小样：

制作模型需要哪些材料呢？

根据设计的小样，选择合适的材料，按照建筑物的大小比例，考虑整体美观与协调，分工合作，开始行动吧！

沙盘作品图片

## 展示台

分组介绍制作的沙盘。

这是我做的关城沙盘。在制作过程中，我用到的材料主要有 PVC 板、白纸、黑色中性笔、直尺、蜡笔、壁纸刀、剪刀、胶棒等。

先确定它的整体结构，然后以“天下第一关”为主线，主要制作的建筑物分别有钟鼓楼、西门迎恩楼、南门望洋楼、北门威远堂、临闾楼、牧营楼、靖边楼。

关内临近的几处主要建筑分别有王家大院、绸布庄、方志馆、长城博物馆、景区服务中心等。

在制作和交流的过程中，同学们有了丰富的体验，写下你们的收获吧！

**我的收获与反思**

同学们介绍了本组作品的特点，还指出了其他作品的优点和不足。让我们评出本次活动的最佳设计奖、最佳介绍奖、最佳……

# 主题活动三　关城美食

山海关居民主要以移民为主，由汉、满、回、蒙等9个民族组成。不同民族的饮食文化在这里汇聚，产生了许多颇具山海关地方特色的美食。四条包子、桲椤叶饼、回记糕点、羊汤、山海关浑锅、长城汽水……各种美食不胜枚举。

让我们走进山海关，感受关城美食吧！

# 1 我来关城寻美味

山海关古城里的美食遍布东、西、南、北四条大街。怎样依照美食地图迅速找到喜欢的美食呢？快来研究一下吧！

## 启思苑

地图的内容很丰富，如何从地图中确定自己的位置、找准方向、根据比例尺估算距离找到目的地呢？

## 知识窗

地图上的比例尺是图上距离与实际距离之比。比例尺比值小，图上呈现的内容更丰富，涉及范围比较广；比例尺比值大，图上呈现的范围就较小，涉及内容更清楚。

如果地图上的比例尺是 1:10000，意思就是图上一个单位长度对应实际 10000 个单位长度，也就是图上 1 厘米对应实际长度 100 米。

## 活动坊

山海关古城东西大街长约 900 米，南北大街长约 1300 米。运用地图知识完成下面的活动：

1. 标出东、西、南、北四条大街。

2. 根据图上比例尺，找出下面美食的位置，把对应的标号填入圆圈内。

多尔浑锅在东大街距钟鼓楼约 400 米处，四条包子在南大街距钟鼓楼约 300 米处，李家汤馆在北大街距钟鼓楼约 100 米处。

3. 根据实地考察从图上标出易昌源花生糕，并标出行进路线图。

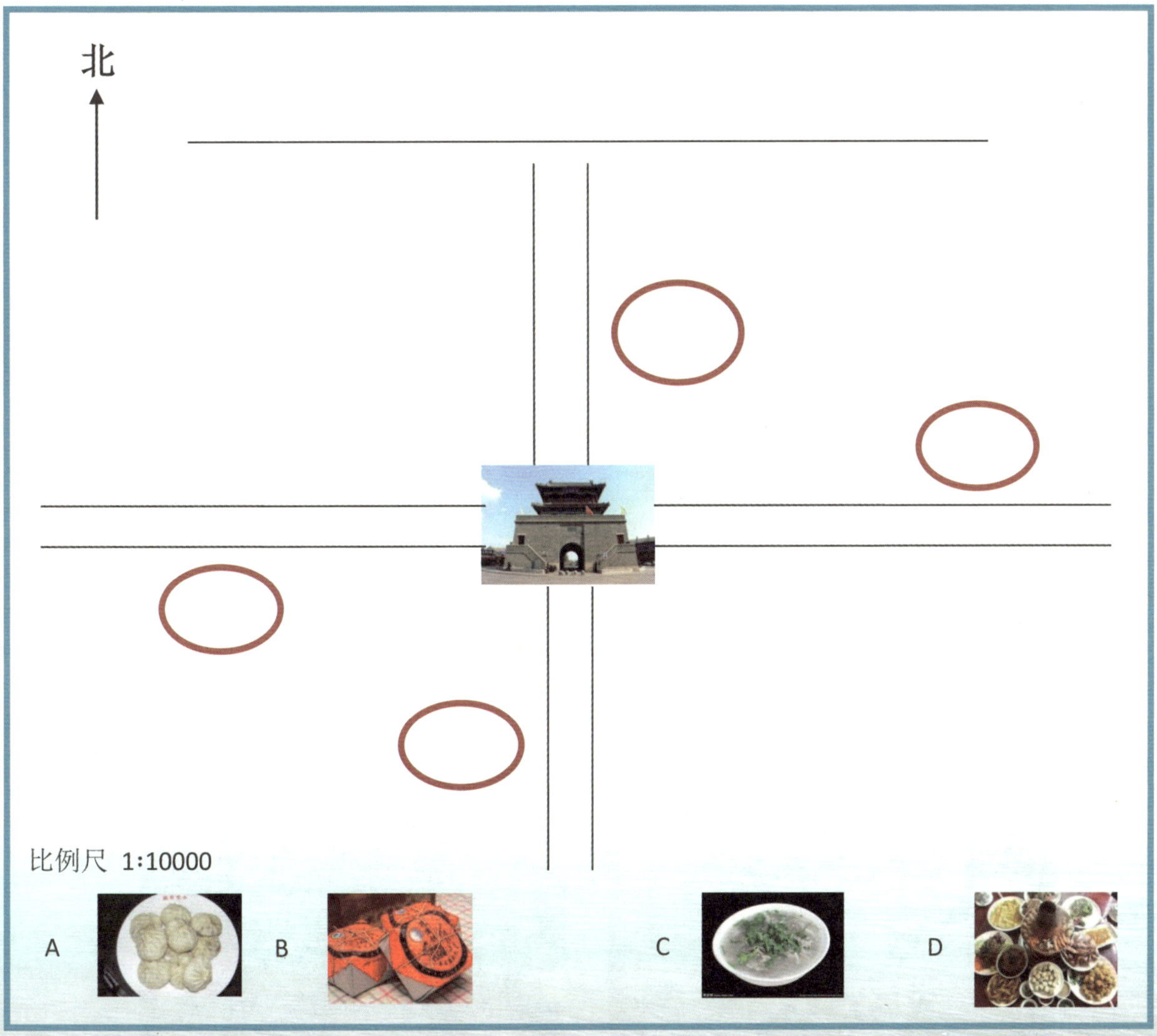

## 体验营

关城里美食遍布，参照自己绘制的美食地图去寻找、品尝美味，体会其中的美食文化吧！

我们可以按照路标指示寻找目的地。

我们组去找四条包子，从中心点钟鼓楼出发，然后向南再走大约 300 米就能找到。

四条包子选用优质猪肉、山坡地生长的大葱葱白、优质麻油等 10 余种调料制成。口味香而不腻，特色鲜明。店里还有小米粥和多种精致配菜。

四条包子是山海关美味可口的传统名点，属于河北菜。因坐落在古城山海关四条胡同而得名。四条包子不仅味道好，而且营养均衡，难怪店里面的食客络绎不绝呢！

我们组去找西大街上的易昌源刘氏花生糕，找到钟鼓楼后向西走约 350 米到达目的地。

相传北宋时期商贸繁荣，有一个刘姓做糕点的人，严格要求原料、制作工艺和质量，把价格定得很低，并定下规矩——真不二价。所以他做的糕点受到大家喜爱，创下时至今日的“易昌源”。

店主刘氏认为食品关系人体健康，誓不以劣品谋取厚利。店里的“欺戒”匾额，是刘氏对易昌源经营者的谆谆告诫，也形成了易昌源特有的企业文化。

这些老店成立时间久远，诚信经营，产品服务独具特色，历经百年，企业的名号及提供的产品或服务受到百姓的信赖和欢迎。

我们组寻访到的美食是东大街的山海关浑锅。

吃浑锅可讲究呢！浑锅的容器要用紫铜双耳火锅，中间燃以木炭，红红火火，沸沸腾腾，只有这样才有味道。锅内食材丰富、老幼皆宜。逢年过节一家人围坐在火锅旁，团团圆圆、和和美美、其乐融融。

吃浑锅的蘸汁料通常有麻酱、腐乳、韭菜花、辣椒油、蒜泥、香菜末、香葱等20余种，依个人口味选取。也可以不用蘸汁料，火锅里的汤菜本身就有味道，可以直接食用。

**相关链接**

## 山海关浑锅

浑锅，也叫荤锅，是什锦火锅的一种，距今有300多年历史，是满族人流传下来的一种食物，最早在清朝时期朝廷食用，后来传入民间，成为老百姓日常生活中不可或缺的传统饮食。浑锅重在吃鲜，配料讲究：酸菜和海带切成极细的丝垫在锅底，中间撒上金黄色的小海米，上面依次是五花肉、对虾、八爪鱼、肉丸、牡蛎、海蟹、皮皮虾、焖子、鸡肉、脊骨等，整齐排列，似菊花绽放。锅内的汤汁是用大骨、肘子、鸡肉等加上各种调料煨炖的老汤，汁白味浓，与配料同煮，盈香扑鼻，勾人食欲。

在寻觅美食的过程中，要牢记交通规则。看！走在古城里的队伍多么整齐！

小伙伴一起走，古城交通要遵守。
红灯停绿灯行，路标可以指方向。
过马路有规定，斑马线上才能行。
不追逐不打闹，所有队员不掉队。

你还寻访到哪些美食呢？写下来吧！

## 交流园

分享各自的收获吧！

## 知识窗

### 中国居民平衡膳食宝塔

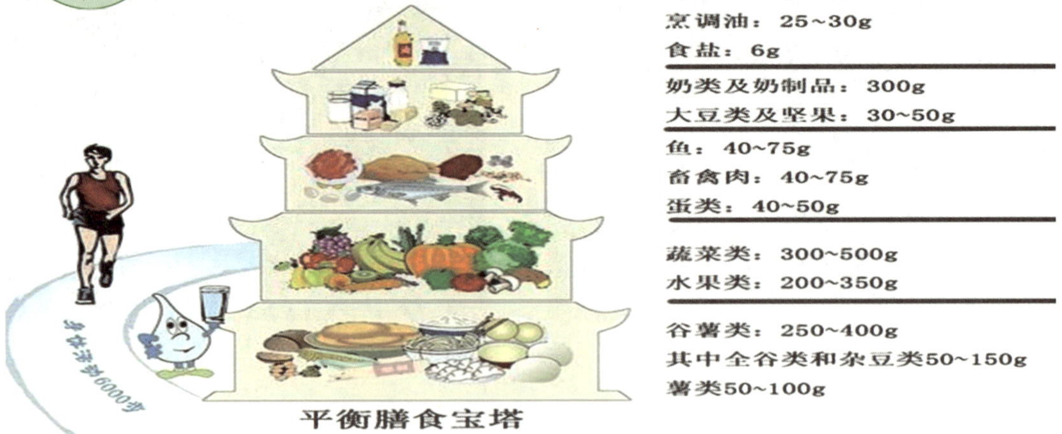


平衡膳食宝塔

中国营养学会针对中国居民膳食的实际情况，制定了平衡膳食宝塔。宝塔分为五层，其中各类食物的位置和面积反映了其在膳食中的不同地位和比重，以指导人们饮食营养平衡。图中的数字指的是每天的摄入量。图中的水滴和跑步强调了足量饮水和运动的重要性。日常轻体力活动的成年人每天至少饮水 1200 毫升约 6 杯；每天进行累计相当于步行 6000 步以上的身体活动，如果身体条件允许，最好进行 30 分钟中等强度的运动。

做个小调查，记录一日三餐食物的种类。

| 一日三餐食物种类调查表 | | | | | | | | |
|---|---|---|---|---|---|---|---|---|
| 项目 内容 成员名称 | 早餐 | 午餐 | 晚餐 | 各类营养摄入量合计 | | | | |
| | | | | 油脂类 | 奶豆类 | 鱼肉蛋类 | 蔬果类 | 谷薯类 |
| 小明家（3人） | 牛奶<br>鸡蛋<br>面包<br>苹果 | 米饭<br>虾仁油菜<br>果仁菠菜<br>炖排骨 | 米粥<br>馒头<br>什锦小菜<br>茄子肉条 | 50 克 | 400 克 | 500 克 | 300 克 | 200 克 |
| | | | | | | | | |
| | | | | | | | | |
| | | | | | | | | |
| | | | | | | | | |

结合中国居民平衡膳食宝塔，对比一下自己的家庭食谱是否科学健康。

# 2 我是美食传承人

在山海关古城寻访到很多特色美食，学习制作美食并分享给大家，做美食传承人吧！

## 启思苑

通过哪些途径学做美食呢？

## 活动坊

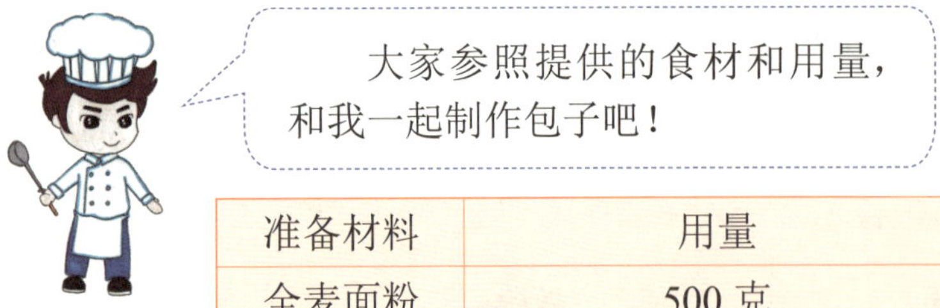


| 准备材料 | 用量 | 准备材料 | 用量 |
| --- | --- | --- | --- |
| 全麦面粉 | 500 克 | 花椒粉 | 5 克 |
| 酵母 | 5 克 | 鸡精 | 5 克 |
| 水 | 300 毫升 | 糖 | 5 克 |
| 瘦猪肉 | 500 克（三分肥的更好） | 花生油 | 15 毫升 |
| 葱 | 25 克 | 香油 | 30 毫升 |
| 姜 | 10 克 | 酱油 | 30 毫升 |
| 盐 | 6 克 | 料酒 | 15 毫升 |

发面：

把化开的酵母粉水倒进面粉里，用筷子划散成絮状。揉面的方法可以用折叠法，不断重复，反复摔打面团。将面团放入盆中醒发30分钟。

准备肉馅：

先把五花肉洗净剁成末，加入葱花、生姜末剁均匀。肉馅中加入料酒、花椒粉、香油、酱油、盐、鸡精等调味料，用筷子顺着一个方向搅拌均匀。

擀皮：

把面团揉成长条形，切成大小相同的面剂子。把切好的面剂子擀成圆形，做成大小均匀的包子皮。

包包子：

左手托着面皮，把肉馅放在面皮中央，右手大拇指和食指捏合面皮边缘略向上倾斜提起，左手大拇指把肉馅往褶皱包围圈按压。重复这个动作，把所有褶皱边捏合在一起呈菊花状，一个漂亮的包子就做好了。

蒸包子：

锅内放入温水，包子放入笼屉，上锅蒸12分钟左右关火，闷2分钟后开盖。

## 交流园

大家按照制作流程图做的包子怎么样？

我蒸出来的包子为什么面皮那么硬，口感不好呢？

我做的包子怎么露馅了呢？

我的包子中间没有馅都是皮儿。

……

注意包子皮的中间要厚一些，周围要薄一些。包完包子后要继续醒发 15 分钟进行二次发酵，然后再蒸。

各组还制作了其他美食，大家来展示一下吧！

新卓版纯手工枣泥酥

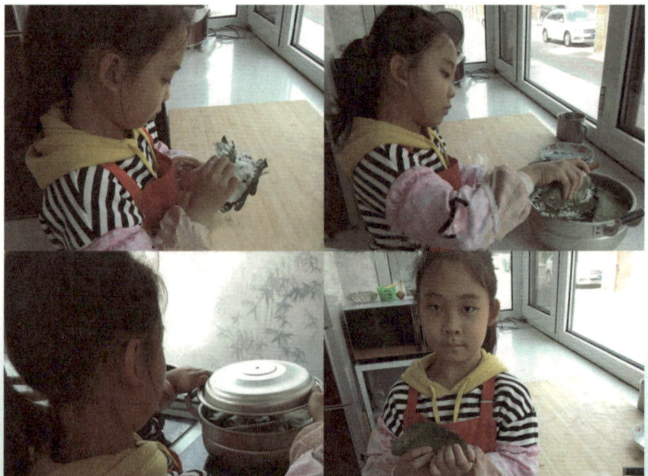

静雅牌椁椤叶饼

美味鸡翅

炒三色

记录制作美食的收获和体会吧！

# 3 我做美食推介员

民风淳朴的山海关形成了独特的饮食文化，品味关城美食，了解美食的历史渊源，做美食推介员，开始行动吧！

## 启思苑

怎么把关城美食推介到全省、全国呢？

我想制作美食名片。

可以利用电脑软件，制作美篇。

可以在旅游网站上发表博文。

还可以……

## 活动坊

美食名片包含哪些内容呢？

我觉得要让大家知道它的特点及美誉度。

我认为要有名称和所在位置。

我要让大家知道它的历史渊源。

**美食名片**

| | |
|---|---|
| **美 食 名 称** | 四条包子 |
| **美食所在地** | 古城南大街 |
| **美 食 特 点** | 采用传统加工工艺，口味香而不腻，回味绵长。曾获“河北名吃金质奖”、秦皇岛首届“旅游名吃”等荣誉，是山海关名吃。 |
| …… | |

可以利用网络平台把古城美食推介给更多的人。

带着我们的美食走出校园、走进社区、走入社会。

美食推介活动中，有许多收获和感想，记录下来吧！

我的收获与反思

# 主题活动四 关城匾额

山海关商属孤竹，周属燕，秦统一六国后，属幽州辽西郡。千年历史的沉淀，赋予山海关这座古城独特的品格和魅力。匾额就像这座关城的眼睛，默默地注视着它的兴衰与变革……

匾额文化是我国民俗文化的精髓所在，被称为“古建筑的灵魂”，它融中华传统文化中的辞赋诗文、书法篆刻、建筑艺术为一体，是集收藏性、观赏性和艺术性为一身的特殊文化载体。

亲爱的同学们，让我们走进关城匾额的世界吧！

# 1 关城匾额知多少

关城的匾额数不胜数，有的是历经百年的文物古迹，有的是崭新的商业招牌；有的挂在高高的城门楼宇之上，有的立于秀美的山水景观之中。

## 启思苑

关于匾额你想了解哪些内容呢？

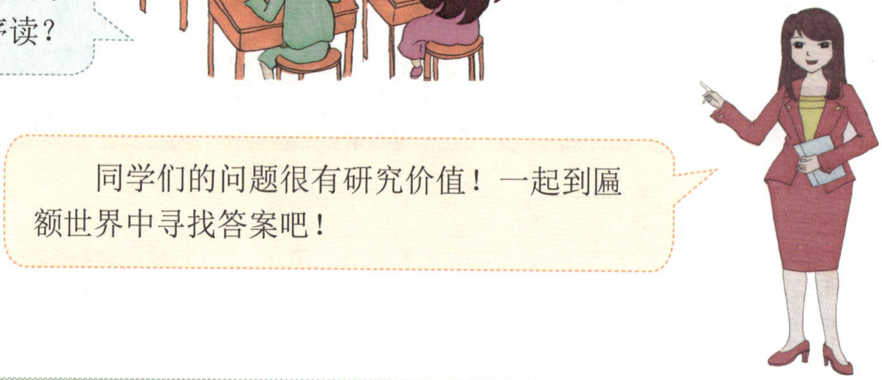


### 知识窗

匾额起源于我国古代，至今已经有 2500 多年的历史。

在古时，“横为匾，竖为额”，总体说来，悬挂于门屏上做装饰之用，反映建筑物的名称和性质，表达人们义理、情感之类的文学艺术形式即为匾额。

古建筑四面都有门时，正面的门上必须要有匾，其他三面也可以悬挂。许多匾额的四周边框上，还会雕刻各种龙凤、花卉、花纹图案等用于装饰。

关城中最著名的是“天下第一关”匾额，以它为例，开始研究吧！

## 活动坊

通过查阅资料、访问长辈、实地考察等方式进行研究。

我查阅资料，找到了关于“天下第一关”匾额的相关内容，一起来分享吧！

“天下第一关”巨匾悬挂于天下第一关箭楼二层正面，是典型的楼堂殿阁的名称匾。匾长 5.9 米，宽 1.55 米，木质，白底黑字，上刻阳文[①]。“天下第一关”五个大字，其中“一”字长 1.09 米，繁体的“关”字竖长 1.45 米，“一”字一笔不显单薄，“关”字多笔不显臃肿。匾上“天下第一关”五个大字，每个字结构讲究，布局章法得当，笔力沉雄，与形势相称，大有镇关之风，为关口增添了威严和光辉，也道出了此关口独一无二的战略地位。

**注释：**

①阳文：为阳刻技艺的表现形式，是印章或某些器物上所刻或所铸的凸出的文字或花纹。阴刻与阳刻正相反，是将图案或文字刻成凹形。阴刻与阳刻是我国传统刻字的两种基本刻制方法。

根据上面的材料，把相关的知识记录下来。

**“天下第一关”匾额知识记录卡**

| 内容 | 刻法 | 形制 | 作用 | 意义 | …… |
| --- | --- | --- | --- | --- | --- |
| 天下第一关 | 阳刻 | 横匾 | | | |

匾额的种类很多，它们都有哪些作用呢？

**知识窗**

匾额按其作用来说，大致分为六类：

楼堂殿阁的名称匾：如“滕王阁”“长生殿”“望月亭”“望海楼”等；

商家名称的字号匾：如“同仁堂”“内联升”“老凤祥”“荣宝斋”等；

歌功颂德的牌坊匾：如“桃李满园”“爱民如子”“状元及第”等；

绘景抒情的题字匾：如“清风肃来”“山清水秀”“一碧万倾”“春和景明”等；

述志兴怀的堂号匾：如“天道酬勤”“海纳百川”“学无止境”等；

祝寿喜庆的题词匾：如“大展宏图”“寿比南山”“财源广进”等，这类匾额数量非常大。

我想请爷爷讲一讲“天下第一关”匾额的故事，下面是我的访问记录单。

**访问对象：** 爷爷　　**地点：** 爷爷家客厅　　**时间：** 周末

**访问目的：** 了解关于“天下第一关”匾额的故事。

**访问提纲：** 请您给我讲一讲它和哪些历史人物有关？

有什么历史故事？

……

**访问记录：**

通过爷爷的讲述，我知道了“天下第一关”匾额的很多传说，将这个讲给大家听……

## 闭门三月萧显写匾，抹布一掷天下成功

那时候的山海关“镇东”城楼已经修好百年，但一直没有与之相称的匾额。明朝成化皇帝朱见深亲笔诏旨，要在山海关东门城楼上悬挂一块题为“天下第一关”的匾额，一来可以为山川日月增辉，二来也可以为大明朝壮威。但谁来写呢？兵部得知萧显楷书、草书、隶书、篆书样样精通，就让他来完成写匾的任务。但接下任务的萧老先生并未马上开始写匾，这让兵部主事很是着急。

一日，兵部主事告知萧老先生，总督要来视察。无奈，萧老先生只能马上写匾。他让人把空匾靠在墙上，匾下边垫上几块砖。他亲自从书房取来一支如椽[1]之笔，将笔放在墨缸里润得饱满，在匾前轻踱小步，平心静气，凝神细息。只见他，把全身力气灌注到胳膊上，再由胳膊灌通到手腕上，直至笔端，一气呵成，入木三分。兵部主事见此连忙拱手向萧显道谢，但萧显听后又摇头又摆手，带着惋惜的神情说：“兵部大人过奖了，我本想写得更好些。为了这五个字的形体结构，我先用一个月的时间，精研了前代著名书法家的碑帖墨迹；为了增加腕力，我又用一个月时间练习兵器，这两步是做到了，可是我想这匾要悬挂在山海关这座雄关之上，字体端正有力是不够的，它必须具有神韵，道伟高古，应该骨在肉中，趣在法外。但原计划一个月的诗词韵味还未体味，可惜呀，这神韵还不够！”

尽管如此，第二天，新匾就挂上了城楼。这时兵部主事和众人才发现“下”字少写了一点。这时，前来替皇上视察匾额的总督已到城外的欢喜岭了。只见萧显不慌不忙，胸有成竹。命书童端来墨盆，让人从酒楼找来麻团抹布捆好，浸在墨盆当中，待全部浸透，用二尺见方的棉布包好，用尽平生力气将墨团向“下”字投去，只听“砰”的一声，再看“下”字一笔不缺。兵部主事和众人惊得目瞪口呆，止不住异口同声地称赞：“萧大人真是一掣万钧，巧夺天工啊！”

从此，“天下第一关”便成为山海关关城的代名词，又由于这里是进关内、出关外的主要通道，天下第一关的大名便名扬天下了。

注释：

①如椽（chuán）：椽，用以承接房梁架起屋顶的木条。在这里形容毛笔很大。

你找到了什么故事？讲给大家听。

## 交流园

关城里有很多匾额，我们查找到了这些匾额的相关资料，一起来分享吧！

兵部分司位于天下第一关广场北侧，大门上悬挂的“兵部分司”匾额是一块名称匾，由阎锐敏题写。

兵部分司是明代兵部唯一的分设机构，具有独特的军事与政治文化价值。

我喜欢钟鼓楼匾额，东面“迎旭”，是迎接旭日东升的意思，寄托着万物蓬勃的愿望；西面“望京”，是与京城遥遥相望的意思，含有守望故土的情意。

我知道钟鼓楼南面的匾额是“通海”，有通达海洋、连接远方的意思；北面“观峦”匾额，与燕山相对，有观望群山的意思 。

每一面都有一个不同的意思与期望。

### 相关链接

#### “节制四镇”匾额的由来

孙承宗于天启二年（1622 年）和崇祯二年（1629 年）两次坐镇山海关，督师辽东，是明朝廷派驻山海关最大和坐镇山海关时间最长的守关大臣。他栉风沐雨，修筑关宁锦防线，统领军队 11 万，使后金军队望而生畏，功勋卓著。山海关自建城以来从来没有像这样兵多将广，百姓安详，古城愉悦。为此，明天启皇帝特意在山海关西大街，为孙承宗出任辽东督师而下旨特建“节制四镇”石牌坊。

“节制四镇”石牌坊与位于东大街上戚继光为表彰守关将士而建的“维藩首善”石牌坊遥相呼应，意为保卫边防的首善一区，激励广大守关将士。

那么多匾额资料，怎样记录下来呢？

方法三：……

方法二：制作匾额知识记录卡

方法一：给匾额写简介

匾 额 简 介

我是这样记录的。

让我们走进关城，实地体验匾额文化吧！

# 2 匾额文化我体验

关城中的匾额，有的站在城楼上深思；有的蹲在民房屋檐下窃窃私语；有的爬上牌坊远眺……一起寻找它们背后的人物和故事吧！

## 启思苑

寻找前先制订调查计划吧！

### 关城匾额调查计划

**调查目的：**寻找关城中的匾额，了解它的故事。

**调查准备：**记录本、记录卡、笔、相机……

**调查分工：**小领袖：
问询员：
记录员：
摄　像：

**调查路线：**

**调查内容：**

**注意事项：**

1. 交通安全：做好路线规划及乘车计划，严格按要求进行活动；
2. 团队纪律：注意团队分工协作，听从家长的提醒；
3. 问询礼节：使用礼貌用语，说话大方得体；
4. ……

制订调查计划时，调查内容的确定很重要！

## 实践场

按照制订的调查计划开始行动吧！

**关城匾额调查记录卡（一）**

__________小学___班___小组

我们调查了________匾额，它位于______，它的样子是_______，属于__________类型。询问工作人员（或查阅标牌），我们知道了它和______有关，故事是这样的：________________________。我们讨论后觉得它的用途是____________，它的意义是___________________。

**关城匾额调查记录卡（二）**

| 内容 | 刻法 | 形制 | 作用 | 意义 | …… |
| --- | --- | --- | --- | --- | --- |
| | | | | | |

## 交流园

将体验活动的收获写下来，和同伴交流一下。

我的感受：

# 3 匾额文化我传承

兴儒博物馆是一座匾额主题文化馆，位于山海关关城东二条胡同，是我们深入了解匾额的好去处。

## 启思苑

展馆内的匾额种类丰富、数量繁多，如何及时、准确地做好参观记录呢？

准备用什么样的方式记录呢？

我的记录单：

## 活动坊

大家好！我是兴儒博物馆的馆长，由我来为大家讲解馆内的匾额吧！

### “慎思明辩（辨）”匾

“慎思明辨”最早出自《礼记·中庸》，意思是“慎重地思考，清楚地辨别”。这块匾做工精巧，栩栩如生，由满族工匠精雕细刻而成。右侧小字内容是题匾人林则徐及他当时的官位，左侧小字内容是受匾人黄成光及立匾的时间。“慎思明辨”四个字，是林则徐希望他“谨慎思考，明辨事理”。题字时间恰好是林则徐因为虎门销烟之举，受到全国民众赞颂的 1840 年。黄成光得此题字，倍感荣幸，便制作了这块花纹繁复、形制奢华的匾额。

《礼记·中庸》中“慎思明辨、格物致知”的思想对后世影响深远，习爷爷在讲话中也提到了“博学之，审问之，慎思之，明辨之，笃行之”，由此可以看出，它对后世的影响有多大。

**相关链接**

### 文字的书写方向

我国最早的文字甲骨文，书写是不固定方向的，后来从右到左的竖排书写顺序，是由于竹简的产生开始的。产生纸之后，这种书写习惯也依旧延续下来，而字的笔画顺序则没有改变。

从清末开始，就有学习西洋文化的知识分子主张改革书写方式。直到中华人民共和国成立初期，经时任文化教育委员会主任郭沫若先生提议，根据人体眼睛结构的活动规律，结合从右侧书写容易擦污字迹的书写实际，提倡由左至右书写。最终于 1954 年，将汉字书写顺序变为由左至右、由上到下的横排书写，直至今日。

这是馆内的部分展品，你能利用匾额简介了解它们吗？

释义：“极”是指北极星，“婺”就是“女宿”星，旧时用作对妇人的颂词。“联辉”指同时熠熠生辉，光彩照人。表示长辈老两口双方长寿，鸿案齐眉。

长 296 厘米 宽 100 厘米 厚 3 厘米

制匾年代：清乾隆十六年（1751 年）

题匾人：张廷玉

受匾人：许老儒人

材质：漆木

释义：最早出自《论语·季氏》，希望能把儒家的仁、礼和学诗的传统，世代相传，发扬光大。

长 220 厘米 宽 70 厘米 厚 5 厘米

制匾年代：清光绪二十四年（1898 年）

题匾人：著名的清朝两代帝师翁同龢

受匾人：邑庠生林昭

材质：漆木

释义：文采华丽，可为国中珍品之意。

长 230 厘米

宽 45 厘米

厚 3 厘米

制匾年代：清代乾隆四十八年（1783 年）

题匾人：程学灏

受匾人：姚文炜

材质：漆木

释义：为人诚正，纯朴勤劳，有着美好的声誉。

长 179 厘米

宽 63 厘米

厚 3 厘米

制匾年代：清光绪十五年（1889 年）

题匾人：葆成

受匾人：官瑞贤

材质：漆木

释义：戍守边疆、保卫国家，为保护国家和民族的安全尽自己的力量。

长 68 厘米

宽 31 厘米

厚 3 厘米

制匾年代：清嘉庆七年（1802 年）

题匾人：纪昀，字晓岚。清代政治家、文学家，乾隆年间重要官员。曾任《四库全书》总纂修官。这块匾是纪晓岚做寿时为自己题写的。

材质：漆木

匾额的四周有好看的花纹图案，这些纹样有着特殊的含义。

**相关链接**

### 传统纹样

匾额的装饰纹样分为几何纹样、动物纹样、花鸟昆虫纹样、吉祥纹样、人物纹样等，人们多以这些纹样的吉祥寓意来表达情感。下面是几种常用的纹样：

回纹，如同“回”字形的一种几何纹样，有连绵不断、吉利永长的吉祥寓意。

云纹，云形纹饰，古代中国的吉祥图案，象征高升和如意。

蝙蝠纹，中国传统寓意纹样。“蝠”和“福”同音，借喻福气和幸福之意。

缠枝纹，结构连绵不断，具“生生不息”之意，寓意吉庆。

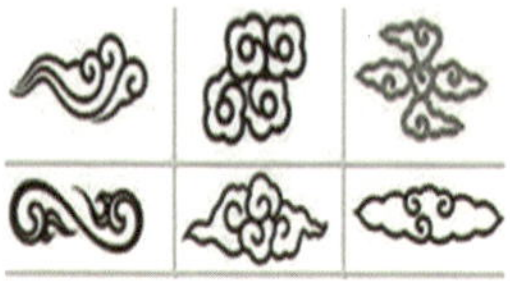

**交流园**

总结这一阶段的学习，各小组同学把自己的收获跟同学们分享一下吧！

作品展示：

# 4 传统匾额我制作

学习了匾额文化，我们一起来做一块匾额吧！

## 启思苑

这块匾额要放在哪里？送给谁？写些什么呢？

## 体验营

我们动手做一块匾额吧！

**我的工作**

**我的构思**

我要把匾额挂在书房，匾额长 50 厘米，宽 30 厘米，厚 3 厘米，内容是“学海无涯”，匾额四周用云纹装饰，……

**你的构思**

参考一下做匾的步骤。

1. 确定匾文位置后，用毛笔或马克笔写好匾文。

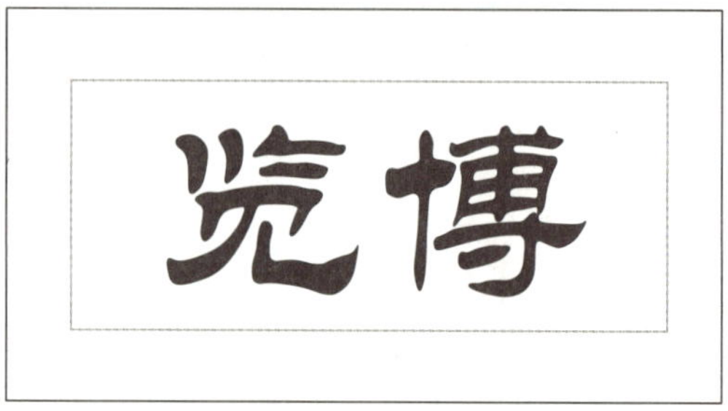


2. 在右上角写此匾的匾头，左下角写书写立匾时间。匾头及落款格式不固定。

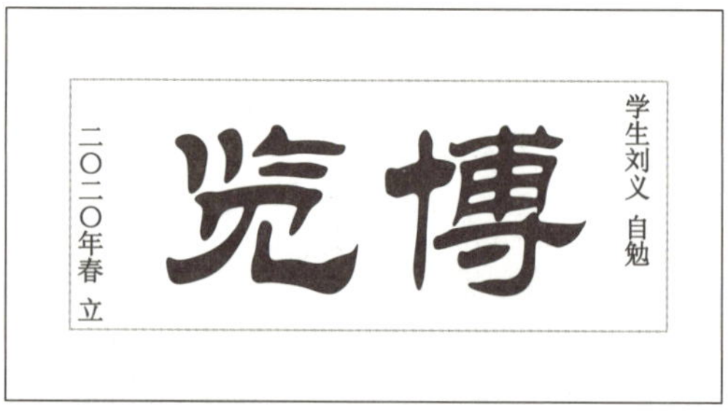


3. 运用绘画工具或彩笔画边框花纹。

写匾时要注意书写方向、格式，还要结合自己匾额的形状给它装饰一下哦！

## 展示台

看！我们的作品完成了！

小组展示的照片

经过了寻访、参观、制作匾额的过程，同学们一定有很多感受，还有一些遗憾，赶快写下来吧！

# 主题活动五　关城集市

柴禾市位于山海关古城南大街西侧，是有着 600 多年历史的古老集市。起初人们把山上砍的柴背来城内贩卖，或者交换生产生活物资而形成小型柴禾集市——这也是“柴禾市”名字的由来。后来柴禾集市卖的东西越来越多，慢慢演变成关城百姓买卖生活物品的大型集市，而“柴禾市”的名字却从未改变。

# 1 民俗故事小传人

柴禾市历史悠久，人员往来众多，形成了独特的民俗文化故事。这些故事都是劳动人民集体创作、口耳相传发展来的，语言质朴，内容丰富。

## 启思苑

我们要怎样寻访民俗文化故事？

通过走访柴禾市附近的居民来了解它的故事。

可以到关城中的博物馆寻找线索。

了解故事时，可以进行简单的记录。

故事蕴含的知识或道理，我们要仔细听、勤思考！

## 活动坊

开启柴禾市故事的寻访之旅吧！

我们找到了很多关于柴禾市的故事，快来一起分享吧！

### 关城元宵节

在山海关有一个关于元宵节的故事。相传有一对青年男女，结婚后夫妻恩爱，生活幸福。但是忽然有一天丈夫被官府征了兵，丈夫走后，妻子日思夜想，度日如年。有一天，妇人梦到丈夫告诉她，把元宵摇圆了他就回来了。盼到了元宵节这一天，她起很早摇元宵，摇啊，盼啊，忽然院门大开，一个身影飘然而至，丈夫果然回来了。

看来元宵除了普通意义上的吃食以外，还赋予了亲人团聚、阖家幸福的含义。

### 孩子们的吉祥物件

五月节前后，孩子们容易患病染疾，为了祛灾辟邪，祈福增寿，便有了五月节给小儿佩戴吉祥物的传统。

柴禾市五月节卖的小儿吉祥物，是孩子们特定的饰品和物件儿，有小孩儿戴的福寿葫芦、香包吊坠、长命锁、彩绳等，它们有着丰富的象征意义，体现了那个年代人们对孩子健康成长的美好愿望。

这些物件中，老虎枕头是最受欢迎的。老虎枕头分大、小号，大的约有 30 厘米长，10 厘米高，小的有 20 厘米长，七八厘米高。整个虎形栩栩如生，里面装着薄荷叶、艾叶、香草、丁香、冰片和谷皮或荞麦皮。它不但能驱赶蚊虫，让孩子们睡觉时不被蚊虫叮咬，还有通窍、提神、醒脑的功效，有益身体健康。

据说老虎枕头有专治“吵夜郎”的功效。如果四五岁的小孩黑天不睡觉，半宿半宿地哭，大人会在五月节时，在柴禾市买个老虎枕头，孩子枕上就不哭了。

### 关城喇叭匠

山海关在历史上出现过很多优秀的喇叭匠，有个喇叭匠叫金财，他出过唱片，唱片上写着“山海关喇叭天下驰名”。

这年正月，仗义疏财的周老爷在田庄举办秧歌会，金财来了，他吹得很好，听得人如醉如痴。接下来是边墙子的喇叭匠“小瞎辫儿”刘宽为大家展示他的看家活计——“花吹”。只见他叉开双腿，两臂端平，瞪大眼睛，随着越来越响的唢呐声，他充气的两腮活像个鼓噪的蛤蟆起起伏伏，一下子就把严冬变成了酷暑，大家情绪亢奋，刘宽吹得越发欢实了。金财坐不住了，跟左右的徒弟使眼色，他们吹起了《柳青娘》。唢呐一响，同行们全傻了，金家班子吹奏的旋律他们从来没听过，他们打破规律采取七律吹法，还吹起了和声，扭秧歌的浑身来劲，把高跷踩得吧嗒吧嗒响。

直到今天，古城里还会听到阵阵的喇叭声，向人们诉说着古城的历史和曾经发生的故事。

**年画和对联儿**

西三条是柴禾市过年时集中卖年画和对联儿的地方。

卖年画的顺着墙拉上绳子，用小竹夹子把画夹在上面，以供人们挑选。年画有五子献寿图，寿星老儿骑着梅花鹿，手持寿杖，长髯落地，五个小神童，有的留着万人薅儿，有的头扎朝天杵，各自托着寿桃，欢蹦乱跳地围着寿星老儿转；有桃园三结义、岳母刺字、白蛇传、西厢记等戏剧故事等。墙上挂的、地上摆的，花花绿绿，各种各样的颜色，买的人很多，常常把三条胡同挤得水泄不通。

卖对联儿的摆在地上，用玻璃片压着，有隶书、楷书、行书各种字体。内容有“春满人间百花吐艳，福临小院四季常安”，横批是“欢度春节”；有“春归大地人间暖，福降神州喜气临”，横批是“福喜临门”等。那时过春节，家家户户贴对联儿，尤其是农村人更是讲究。

吃饺子、贴对联儿、放鞭炮，那才叫“爆竹声声辞旧岁，春联户户迎新春”呢！

**粮食集与粮牙子**

柴禾市粮食集主要是以批发和转运为主。据老人们讲，新中国成立前，它的规模很大，范围很广。除了东北的粮食贩子以外，还有周边县城的，尤其是绥中县的，几乎全县城的粮食都到柴禾市的粮食集来交易，当时就有“拉不败的绥中县，噇不满的山海关”之说。

粮食集除了一般买卖上的讨价还价外，有专门干粮食交易的，叫斗头，也叫粮牙子。买卖粮食不用秤，用斗和升量。一斗 40 斤，一升 4 斤。卖粮食的不管拉来多少，是什么粮食，只要一到粮食集，就什么都不用操心了，全部交给粮牙子，由他们负责往外卖。

山海关是华北通往东北的交通要道，人南来北往的，特别是东北的粮贩子经常前来赶集，贩卖粮食。如何把握粮食质量，可就是大问题了。只要粮牙子们一看，就知道你这粮食大约存多少年了，是新的还是陈年的，含多少水分等。他们认为，在粮食质量上坚决不能含糊，一定把好关，绝不能让父老乡亲们上这个当。

这些故事再现了当时柴禾市的繁荣景象，让我们身临其境。

## 展示台

搜集了这么多故事，我们到山海关说书馆前，讲一讲柴禾市的故事，看谁说得最吸引听众！

同学们，我们说书时要注意以下几点：1. 语言规范，吐字清晰，声音洪亮；2. 注意表情、动作，要适时、恰当；3. 如果有道具，说书效果会更好！

学生讲故事照片

学生讲故事照片

学生讲故事照片

# 2 “小鬼当家”我能行

柴禾市是关城百姓最喜欢的采买地，一起做“小当家”，去采买吧！

## 启思苑

采买是一项非常重要的生活技能，我们怎样进行有计划的采买呢？

采买前，我们要想好买什么，买多少，做个购物清单。

采买的注意事项有哪些？

怎么能买到物美价廉的物品？

……

让我们想办法解决这些问题吧！

大家想买些什么？列一个采购清单吧！

**采　购　单**

| 食材名称 | 数量 |
| --- | --- |
| | |
| | |
| | |

听听爸爸妈妈的采买经验吧！

### “父母的采买经验”记录单

采买前：______________________________

______________________________

采买中：______________________________

______________________________

采买后：______________________________

## 体验营

首先到自己家附近的超市或市场，调查采购单中蔬菜的价格，记录到调查表中，然后到柴禾市进行实际采买。

### “小当家”问卷调查表

小组名称：

| 蔬菜名称 | 自己家附近的采买地 | 柴禾市市场 | 对比发现 |
| --- | --- | --- | --- |
| | 蔬菜价格（元） | 蔬菜价格（元） | |
| | | | |
| | | | |
| | | | |

有了前期的调查，在家长志愿者的陪伴下，我们开始采买了！

作为家长志愿者，建议开始采买前，讨论一下采买的注意事项。

在商家的售卖价格不理想时，可以与商家商量，适当地讲价，但不要恶意砍价，造成不愉快。注意使用礼貌用语！

选购时要注意轻拿轻放，不要随意破坏果蔬和物品。

如果不慎碰掉食材，不影响售卖的情况下，向摊主道歉；如果食材损坏，影响售卖，我们应该主动买下；如果是摊主强买强卖，我们可以寻求家长志愿者帮忙。

作为组长我再提示一下：

1. 一定要以小组为单位进行活动。一旦走散，不要惊慌，到这棵树下等，大家会到这里集合。

2. 我们的主要目的是调查物价，进行按计划采买，不要见什么买什么。

3. 一定要填好调查表。

大家出发吧！

## 交流园

在体验“小鬼当家”后，有什么发现或感受？大家分享一下吧！

我 的 收 获

同学们，在日常生活中多做一些我们能做的，多尝试做一些我们没做过的，体验生活的多姿多彩！

## 我参与　我体验　我收获

转眼间，已经与山海关关城相伴许久。

在这里，万里长城与辽阔海洋的交汇，让我们领略雄关的壮美、古人的智慧。

在这里，关城历史和民俗文化的相融，使我们感悟到中华民族的豪情壮志与和谐共融。

山海关，这座依山傍水的长城东起第一关城，正在我们眼中、心中熠熠生辉……

最有成就感的项目或活动是：

最感兴趣的项目或活动是：

印象深刻的一次小组活动是：

掌握的学习方法或技能是：

最大的收获是：

我对自己说：☆☆☆☆☆

伙伴们对我说：☆☆☆☆☆

家长们对我说：☆☆☆☆☆

老师们对我说：☆☆☆☆☆

万里长城，不仅是一座建筑，身上更是承载着中华民族团结统一、众志成城的爱国精神，坚韧不屈、自强不息的民族精神，守望和平、开放包容的时代精神。它已经深深根植于中华民族的记忆，融入中华民族的血脉。

2019年8月20日，习近平总书记在嘉峪关视察时曾说："当今世界，人们提起中国，就会想起万里长城；提起中华文明，也会想起万里长城。我们一定要重视历史文化保护传承，保护好中华民族精神生生不息的根脉。"

作为长城的重要组成部分，山海关关城更有其特殊的文化地位。同学们，行动起来，将我们身边的长城守护好、传承好！让我们迈开坚定的步伐，继续去探究学习吧！

# 后　记

为了培育和践行社会主义核心价值观，推进中小学素质教育，秦皇岛市教育局和“董耀会长城研究工作室”共同研究，开发“长城”主题的研究性学习课程。

秦皇岛南濒渤海，北依燕山，世界文化遗产万里长城更是横亘全境。长城文化就是我们身边最好的实践活动资源。以长城深厚的民族和文化特色，厚植爱国爱家的情怀。读万卷书，行万里路，让书本上静静的知识动起来。《玩转关城》主题活动读本，让学生用团队合作的方式，观察学习、研究讨论、实践分享，在教师、家长、专家的共同引领下，在青少年身上凝聚起民族的意志、勇气和力量。

课程以学生的研究需求为起点，用研学实践的形式，贯通校内外学习，围绕学生的研究问题设计学习指导。校外实践活动，设计有价值又好玩的户外体验项目，引导学生亲历生活实践，在体验中研究，在研究中成长。

用长城研学旅行的方式在青少年中推广长城文化，构筑长城精神。我们还将继续开发长城入海老龙头、山海关长城博物馆、明长城遗址板厂峪长城、红色长城花厂峪等，培育孩子们爱祖国、爱家乡的情怀。

课程的研发是辛苦的，但是看到学生们脸上洋溢的笑容时，我们是无比欣慰的。研学实践为学生创建了真实的学习环境，学生们边学习边研究，他们主动地想、认真地找，在研学中利用原有的知识与新经验相互补充，丰富了自身的知识，也提升了能力。学生们非常喜欢这样的课程，我们的老师和家长们也乐此不疲地为他们服务。

对本书的编写提供帮助的同人和朋友很多，在此一并表示谢意。期盼使用本读本的广大师生、家长提出宝贵意见，我们将集思广益，不断完善。